Un pueblo apache

Greg Moskal

Traducción al español: Tomás González

The Rosen Publishing Group's
Editorial Buenas Letras™
New York

Published in 2002 by The Rosen Publishing Group, Inc.
29 East 21st Street, New York, NY 10010

First Library Edition in Spanish: 2002
First Library Edition in English: 2001

Book Design: Haley Wilson

Photo Credits: Cover and all interior photos by J.J. Foxx.

Moskal, Greg.
    Un pueblo apache / Greg Moskal : traducción al español Tomás González.

p. cm. -- (The Rosen Publishing Group's reading
        room collection)
        Includes index.
        Summary: This book introduces Eva Geronimo, her children,
and her relatives that live in southern New Mexico and describes
Apache celebrations that are part of their lives.
        ISBN: 0-8239-8314-5 (pbk)
        ISBN: 0-8239-6512-0 (hc)
        6-pack ISBN: 0-8239-6582-1
        1. Apache Indians--Juvenile literature   [1. Apache
Indians]   I. Title   II. Series
                                                    2001-006828
        978.9/004--dc21

Manufactured in the United States of America

Contenido

Clay Jerónimo

Me llamo Clay Jerónimo. Vivo en Mescalero, Nuevo México. Tengo nueve años de edad y estoy orgulloso de ser apache. También me siento orgulloso de ser **pariente** de Jerónimo, el famoso líder apache que vivió hace más de 100 años.

Jerónimo fue un gran **curandero**. Nosotros creemos que los curanderos y curanderas tienen poderes especiales contra las enfermedades y los malos espíritus. Jerónimo fue además un gran líder que luchó por el bienestar del pueblo apache.

Clay monta a caballo, al igual que lo hizo Jerónimo hace mucho tiempo.

La casa y los animales de Clay

Mi familia vive en *Geronimo Loop,* en la **reservación** apache de Mescalero. Nuestra reservación queda cerca de las montañas *White.* Las montañas son **sagradas** para nuestro pueblo.

Este verano fui a la escuela *4-H Steer* con Alfred, mi nuevo buey. Alfred es todavía joven y vive en la granja de mi abuelo. Yo aprendí a cuidar animales grandes. Cuidar a Alfred cuesta mucho trabajo, pero me gusta alimentarlo. También me gusta cabalgar en Ernie, mi caballo.

Clay cuida muy bien a sus animales. Todos los días los alimenta y les da de beber.

7

Eva Jerónimo

Soy Eva Jerónimo, la madre de Clay. Nos sentimos orgullosos de que Jerónimo sea nuestro **antepasado**. También estoy orgullosa de mi hijo, Clay. A mi hijo le encanta tocar la guitarra, el tambor y cantar música del Oeste.

Yo trabajo con el programa *Apache Elderly Program*. Llevamos a las personas ancianas a las montañas para que recojan **medicinas** indias **tradicionales** y alimentos silvestres. A menudo Clay me acompaña. Clay está aprendiendo la lengua apache de los ancianos.

La enseñanza de las costumbres de los apaches se ha vuelto parte de la vida de Eva Jerónimo.

Robert Jerónimo

Soy Robert Jerónimo, hermano de
Eva. Mi esposa y yo vivimos cerca de Eva y
Clay, con nuestros hijos y nietos. Yo ayudé a
construir muchas de las carreteras que recorren
la reservación.

Nos sentimos muy orgullosos de ser
apaches. La Nación Apache está formada por
nueve grupos. En cada grupo hay varios **clanes**.
A principios del siglo veinte se establecieron
muchos pueblos de apaches en el suroeste de
Estados Unidos.

De joven, Robert fue vaquero de rodeos. Los rodeos son
competencias en las que vaqueros y vaqueras
demuestran sus destrezas como jinetes.

Vitalidad de las costumbres de los apache

Soy Ellyn Bigrope. Vivo con mis hijos y nietos en la reservación, cerca de la familia de Clay. Cuando recibimos visitantes o grupos escolares me gusta hablarles sobre la historia de los apaches. Los visitantes me hacen muchas preguntas sobre nuestras costumbres.

Ellyn sabe que es importante enseñar a otros la historia de los apaches.

Los apaches celebramos muchas **fiestas**. La más importante es la Ceremonia de la Mayoría de Edad. Se realiza en julio y dura cuatro días. Durante ese tiempo, las jóvenes apaches se preparan para convertirse en mujeres. Cada prenda de vestir de la ceremonia tiene su significado. Nosotros creemos que cada una de las prendas confiere poderes especiales a quienes las usan.

La Ceremonia de la Mayoría de Edad es un acontecimiento muy importante en la vida de las jóvenes apaches.

Las danzas de los apache

Las danzas tradicionales y los rodeos que tienen lugar durante la Ceremonia de la Mayoría de Edad reúnen a mucha gente. Las familias preparan grandes banquetes y trabajan duro para asegurarse de que nadie se quede sin comer.

Durante cada uno de los cuatro días se celebra la Danza de la **Doncella** Apache y la Danza de Los Dioses de la Montaña. Los danzantes llevan vestidos tradicionales de muchos colores. Se cree que estos vestidos le traen prosperidad a la gente.

Las danzas son parte importante de la Ceremonia de la Mayoría de Edad.

La Danza de los Dioses de la Montaña

En la Danza de los Dioses de la Montaña se celebra la vida y la buena salud. Esta danza se empezó a celebrar hace mucho tiempo. Una historia muy antigua cuenta cómo dos niños fueron salvados de los malos espíritus por los dioses de la montaña. Los dioses enseñaron a los niños una danza especial. Hoy, los apaches realizan ésta danza para alejar de sus vidas los problemas y las enfermedades. Los apaches creen que la danza trae salud y felicidad a quienes la miran.

La Danza de los Dioses de la Montaña se realiza alrededor de una hoguera durante la noche. La hoguera recuerda a los apaches los orígenes de la ceremonia.

Una curandera apache

Me llamo Meredith Begay y soy curandera apache. Mi esposo es indio navajo. Su abuelo fue curandero. ¡En nuestra familia hay muchos curanderos y curanderas!

Trabajar con plantas y medicinas del pueblo apache me produce paz. Es una parte muy importante de mi vida y de lo que soy. Mi trabajo ayuda a que nos mantengamos fuertes.

Meredith es una curandera apache. Meredith es respetada por su pueblo.

Oraciones y comida

Las mujeres apaches a menudo orientan a las doncellas sobre la Ceremonia de la Mayoría de Edad. Cada día de la celebración se reza una oración especial antes de la puesta del sol. Para los apaches es importante que todo el mundo reciba la bendición.

Durante las fiestas se prepara pan frito. Otras comidas típicas son la sopa de maíz, ensalada de papa y chiles. El último día, la gente cocina otras comidas tradicionales, como espinacas y frijoles.

Los apaches se reúnen bajo las carpas tradicionales durante la Ceremonia de la Mayoría de Edad. En las fiestas se sirve comida apache.

El futuro de los apache

Me llamo Crystal Jerónimo. Mis amigos y yo nos consideramos afortunados de vivir aquí, en las montañas del sur de Nuevo México. Más de 3 mil indios apaches vivimos aquí.

Los niños apaches, como mi hermano Clay y yo, pertenecemos a un pueblo con una historia llena de colorido. Gracias a nuestros poderosos jefes y tradiciones tenemos un gran futuro por delante.

Glosario

ntepasado, da Persona de tu familia que vivió antes que tú.

lan (el) Grupo de personas de una tribu que son parientes.

urandero, ra Indio americano de quien se cree que tiene el poder de curar a los enfermos.

oncella (la) Mujer joven que aún no se ha casado.

esta (la) Evento especial durante el cual se honra algo importante.

edicina (la) Algo que se utiliza para prevenir o curar enfermedades.

ariente, ta Que pertenece a la misma familia.

eservación (la) Tierra que el gobierno destinó para que los indios vivieran en ella.

agrado, da Algo que se considera muy importante y es muy respetado.

adicional La forma como un grupo de personas han hecho algo desde hace mucho tiempo.

Índice